苦瓜和甜瓜的滋味，我都想尝一尝

海桑 著

陕西新华出版
太白文艺出版社·西安

果麦文化 出品

一杯海水桑叶茶
—— 戏言代序

你说,诗怎么就越写越短了?
我说,仿佛生命的活体切片,背后的那把刀,锋利又心疼,没有人看见。

你说,诗终于还是越写越短了。
我说,连人生的苦味,也想尝一尝了。

你说,会不会哪天就此搁笔不写了呢?
我说,那也不是什么大不了的事。

你说,可是——
我说,虽然——
然后我们笑。

笑呀,笑昨日的普鲁斯特太长,笑海桑的诗太短,笑无端地将他俩说在一起,时间便成了宗教。究竟是两朵迥异的记忆之花,毫不相干地绽放,但求绚烂,但求绚烂。

起风了,空旷又荒凉的遥远海边,连个人影也没有,白色的桌子空空如也,不如就端上几块玛德琳蛋糕,且用海水,煮上一杯桑叶茶。

苦之味

001　　春日里偶有写信的冲动
　　　　却没有了
　　　　可以写信的人

002　　你走之后
　　　　我就变成了一只小狗
　　　　屋子里到处是你残留的气味

003　　把一台正响着的收音机
　　　　和爷爷
　　　　一起埋进春天的土里

004　　春天一来
　　　我衰老得似乎更快了些
　　　花枝招展的春天呀

005　　一只甜瓜
　　　刚吃到一半
　　　就哭起来了

006　　一生中最好的时间
　　　我只是用来做梦
　　　再没有比自己更陌生的人了

007　　今夜月下
　　　我的故乡
　　　也是别人的异乡吧

008　　生活
　　　总是小一个尺码
　　　死，却大了一个

009　　可怜的人
　　　总得爱点什么
　　　才能骗自己活下去

010　　一夜北风
　　　　初春的触角
　　　　又缩了回去

011　　大树是村子的中心
　　　　村里的红白喜事
　　　　都要来大树底下说一声

012　　黑棺材上蒙着的红绸布
　　　　恍若当年的红盖头
　　　　老太太又要出嫁了

013　小时候因为好奇
　　　连丧服
　　　也盼望着哪一天能穿穿

014　小小石窟
　　　仅可容身
　　　躺进去，像口棺材

015　佛祖露出的一只脚丫
　　　已被人摸得光亮
　　　我还想摸摸那根断指

016 痴呆的爷爷唱起了儿歌
把结发的妻子
认作了妈妈

017 饿着肚子
却什么也吃不下
以后再不要这样相见了

018 清明前后
没被种下的豆子
一肚子委屈

019 树身几乎倒在了地上
　　　头
　　　仍执拗地转向天空

020 冰层裂开蓝色的闪电
　　　细风如刀
　　　游走于春天的骨缝

021 半夜三更的
　　　妻子钻进我的被窝
　　　说梦见我死了

022　　饿着肚子
　　　桃花开了
　　　那时正年轻

023　　刚一离别
　　　山下那间低矮的小屋
　　　就恍若隔世一般

024　　春风里
　　　吱呀的门
　　　恍若隔世

025 阳光移过来
照亮
一座春日的坟头

026 明亮的少年
影子也受了伤
某个地方总在莫名地疼

027 早春的雨水
打湿了
讣告上的白纸黑字

028　　锯断的树桩
　　　　春光里
　　　　迸出来几点血红

029　　青绿平整的麦地
　　　　坟头是鼓起的花苞
　　　　今年又多了一个

030　　清明的黄蝴蝶
　　　　都烧成了黑蝴蝶
　　　　压在坟头的几只，一天天变白

031　　空空的酒瓶灌满了月光
　　　死在春天的人
　　　会早早发芽的吧

032　　谁
　　　把女人比作花朵
　　　耽误了女人一生

033　　坟头压着新鲜的黄纸
　　　喜鹊在搭它的新窝
　　　又是一年清明了

034 云起了
　　　云散了
　　　天空也不是它的家园

035 苦，清火解毒
　　　年轻的时候
　　　不妨多吃点吧

036 伤心的妻子
　　　提着蔬菜
　　　准时回家做饭来了

037　　睡着了的妻子
　　　把泪湿的白色纸团儿
　　　还攥在手心里

038　　跟在大人后面
　　　小孩子捧着手机
　　　朝菩萨顺便拜了拜

039　　方舟一般的香炉前面
　　　一堆人跪拜在地
　　　一个女孩,跪地不起

040　　墓前的香炉里
　　　有野草生得绿意盎然
　　　死了,还是寂寞的好

041　　跪在佛前
　　　久久不起来的那位女子
　　　头发垂到尘埃里

042　　断头的树
　　　依然把粗糙的身躯
　　　戳在那儿

043　　城市的积木方块
　　　真担心它
　　　哗啦一声倒了

044　　女人一头钻进庙里
　　　倒头便拜
　　　也不问问是哪路神仙

045　　绿皮的西瓜
　　　磕在石头上
　　　磕得头破血流

046 村口的小庙
像一个大点的盒子
装不了太多东西

047 他肮脏丑陋噙满泪水
从地上捏起一截香烟屁股
放进颤抖的嘴唇里吸

048 坐在路边的老人
烧断的树桩一般坐着
喇叭声溅了一身

049　　擦地板的时候
　　　哼唱的曲子突然断了
　　　而后再也没有接起来

050　　枯了半边的千年古柏
　　　生得缓慢
　　　死得缓慢

051　　站在地里的玉米
　　　衣衫褴褛
　　　一棵棵都被夺走了孩子

052　　离开的日子定下之后
　　　　每一天
　　　　都是告别

053　　日记本，最后的
　　　　几页空白
　　　　我也久久地翻看着

054　　母亲也是打了耳孔的
　　　　只是在下葬之前
　　　　才戴了一对耳坠

055　　脏兮兮的流浪汉
　　　　穿上我的旧衣服走了
　　　　泪水从女儿的眼里流出来

056　　黑漆漆的棺木
　　　　油光水滑
　　　　照得见活人的影子

057　　死了的母亲
　　　　在梦里
　　　　不说一句话

058　　好几天不吃不喝的一条狗
　　　黄昏的时候头也不回
　　　不知道跑到哪儿死了

059　　只有一个人吃饭
　　　却备了两双筷子
　　　突然间哭出声来

060　　孤零零的一盏路灯
　　　花洒一般
　　　淋透了站在下面的人

061　　从前的一个电话号码
　　　通了，但无人接听
　　　永远地无人接听

062　　开膛破肚的路面
　　　翻出来红褐色的泥土
　　　一阵雨后，血肉模糊

063　　一夜秋风
　　　把月亮吹到天边
　　　石头也流出眼泪来了

064　　扣错了纽扣的老人
　　　向前挪动着扭曲的身子
　　　夕阳，一直斜下去

065　　他的后背一抽一抽
　　　在哭
　　　是小时候抽泣的样子

066　　收割后的麦田
　　　裸露出
　　　绿莹莹的坟头

067　　哭不了几回
　　　以泪洗面的想家的日子
　　　也就匆匆过去了

068　　心中的鼓
　　　破了
　　　还在敲

069　　没有人的寺庙
　　　神佛
　　　也很寂寞吧

070   大石之上，有水的纹路
       瓶瓶罐罐的陶
       无名无姓

071   白色的雪
       落
       落在黑色的墓坑边沿

072   千里之外
       我也在下雪
       就算是已经相见了

073　　雨雪霏霏的山中
　　　　把一个名字
　　　　喊得湿漉漉的

074　　雪下得越来越大了
　　　　大年初一去世的老人
　　　　心中有稍稍安慰吧

075　　灰暗的冬日
　　　　白色的呼吸
　　　　蓝色的病

076　　一个人踩雪的声音
　　　隔着窗户
　　　是寂寞的白

077　　雪地上面
　　　写一个人的名字
　　　从此后，再没有音讯

078　　雪的白
　　　让人心疼
　　　终还是成了泥巴

079 　　堆雪的窗玻璃上
　　　　画一张脸
　　　　画到一半，已泪眼模糊

080 　　天寒地冻
　　　　仿佛有月亮
　　　　碎裂的声音

081 　　火堆旁的老人
　　　　陷入寂静
　　　　像半截烧黑的木头

082　　饿着肚子的小麻雀
　　　在一干二净的雪地上
　　　蹦蹦跳跳

083　　纷纷扬扬的雪中
　　　大红的斗篷
　　　只穿了一次

084　　思念,如果有声响
　　　就是那雪
　　　落了又落

085 清白无辜的雪
　　　压塌了屋顶
　　　堵住了房门

086 一边抽烟一边说笑一边祭祖
　　　点着的火苗
　　　咬住了左手

087 废弃多年的公用电话
　　　满身疮痍
　　　颓然地，立在雨中

088　　呼吸如丝
　　　一点点
　　　抽空它的小身体

089　　搬完了家具的屋子
　　　仿佛被洗劫一空
　　　我久久地愣在原地

090　　轮椅上的老人
　　　从路边垃圾桶里
　　　摸索出一个塑料瓶

091　　借了灵前的长明灯
　　　　吸着一支香烟
　　　　长长地，吁了一口气

092　　葬礼上会不会插播广告
　　　　骨灰盒会不会
　　　　买一送一

093　　翻烂了的一本书
　　　　再一次
　　　　被风吹开

094　　歪倒的水罐会哭
　　　我的手
　　　只是弯弯的忧伤

095　　光的手
　　　穿过我胸口
　　　在镜子里走进走出

096　　一位菩萨
　　　走出灯盏
　　　一言不发,坐在我对面

097　　最初的谜
　　　是解不开的谜
　　　各人猜各人的

098　　死亡，亲爱的逗点
　　　我的小蝌蚪
　　　黑色的希望

099　　一次性的花朵皮开肉绽
　　　上帝不关心细节
　　　我关心

100　　一只手
　　　自虚无中伸出
　　　死神,没有面孔

101　　生与死
　　　暗地里
　　　相交甚欢

102　　体内的病
　　　菩萨一般
　　　叫我日日礼拜

103 泪水的故乡，野花的墓地
以后的日子漫长
都是这一天的影子

104 轻轻地问
就只是问问
并不期待回答

105 迎面而来的你
从我空气的身体
一穿而过

106 清晨的哭泣
发蓝,发紫
一口一口,吞下自己

107 灰头土脸的日子摇断了尾巴
人生不过一碗面
全都扣在地上了

108 死神,一开始
就钻进我的身体里
像一次怀孕

109 生与死
是左右两个口袋
我只有一颗糖果

110 第一咒,一帆风顺
第二咒,幸福美满
第三咒,长命百岁

111 真见了自己的本来面目
会不会
吓我一跳

112　　如水的眼睛
　　　就让它哭一哭吧
　　　哭一哭，就明亮了

113　　太阳在露水中揽镜自照
　　　一心一意
　　　将自己烧成最后的灰烬

114　　生活把我带到了别处
　　　打了死结的人
　　　也一刀两断了

115 千年的月亮挂在虚空里
　　　无缘无故地挂着
　　　无依无靠地挂着

116 睡着了的魔鬼
　　　多像个孩子
　　　就让它睡在瓶子里

117 每一个孩子
　　　都想捉住一只蝴蝶
　　　却不小心就捏死一只

118　　水的唇，吻软了石头
　　　你的雨水
　　　淋湿我一身

119　　泪水，泪水
　　　一经称量
　　　便失去了体重

120　　泪水中养鱼的女孩
　　　花落完了
　　　心定下来了

121　　把死了的亲人
　　　　也种在庄稼地里
　　　　小小的，有个坟头挺好的

122　　隐隐地
　　　　仿佛有另一个我
　　　　在别处，生活多年

123　　生活的补丁
　　　　比生活还大
　　　　我的妈呀

124　　生,没有方向
　　　死,没有方向
　　　爱的尖刺,向内生长

125　　永恒之白
　　　长不出
　　　自己的绿叶子

126　　只要时间还泛出绿意
　　　白色的叹息
　　　便仍有着落

127 透明的玻璃窗上
写白色的字
这是我接近你的唯一方式

128 给夭折的孩子
也取个好名字
让他在路上有个伴儿

129 许多可笑的事
再也笑不出来
也哭不出来了

130 如果有愚笨比赛
　　　我
　　　准是个赢家

131 喜欢念佛，也喜欢女人
　　　徒然的一团热望
　　　烧毁了自己

132 佛祖笑
　　　耶稣哭
　　　都是爱人

133　　一帆风顺的人生
　　　细想想
　　　还真没有个什么意思

134　　千难万险
　　　不过是
　　　逼着你活出一个样子来

135　　地球
　　　这只大眼睛
　　　主要由泪水构成

136　　水脏了
　　　只剩下个名字
　　　还是干净的

137　　海水是天神哭出的眼泪
　　　每一滴
　　　都要回到天上去

138　　一个猛子
　　　扎进手机
　　　屏幕上连个水花也没有

139 以后呀,一个人死了
不必立墓碑
立一部手机,竖在坟头

140 炮火连天的地球
在浩瀚无垠又漆黑的宇宙中
寂静无声

141 被月光晒黑的人
将死亡稀释一万倍
日日饮用

142 苦,至少是某种东西
　　 虚无
　　 什么也不是

143 生活呀,不过是
　　 拴狗的绳子
　　 又换了条新的

144 做一件永远也做不完的事
　　 一直做下去
　　 幸福在此,悲哀在此

145 也许的我,不过是
在必需的墙上
画一个仿佛的窗子

146 白云无心
它只是白
几乎就是白本身

147 他用第三人称
隔着玻璃
爱着别人的世界

148   人类是手机豢养的宠物
       打发时间
       就像打发一个乞丐

149   空椅子上
       坐着阳光
       与虚无

150   用多种陌生的语言
       念出"命运"这个词
       想听出来一点弦外之音

151　　天上掉下的东西
　　　我都想一把接住
　　　却总是眼睁睁看着掉在地上

152　　脱离了土地的人
　　　并没有更加接近天空
　　　只是在半空里悬着

153　　如果爱就是痛苦的根源
　　　我觉得
　　　痛苦也是一件好事情

154 钟声的波纹
　　　在耳朵里荡开
　　　月亮,已落发为尼

155 墓园的雨
　　　隔绝了人世
　　　打灭了许多小心思

156 欲望
　　　向下,是深渊
　　　向上,是天空

157　　记忆的雨滴
　　　打湿了遗忘之眼
　　　时间的琴弦，只有一根

158　　尝过了生的滋味
　　　死亡的嘴唇
　　　发绿

159　　待宰的母鸡
　　　咕咕咕地
　　　啄食着谷粒

160 一日无语
　　　喷嚏
　　　也没打一个

161 月亮掉在地上
　　　砸倒一个
　　　夜行人

162 盲女的眼睛一眼万年
　　　从每一个方向
　　　射穿我

163 谎言的彩色之唇
　　　说不出
　　　真理的纯白之物

164 活着
　　　就是一场冒险
　　　你只是一个幸存者

165 世界是无辜的
　　　你和我
　　　只是装出无辜的样子

166　　天空掉在地上
　　　星星们
　　　掉进了人间灯火

167　　失恋之后，太阳变成了月亮
　　　把世界泡在泪水里
　　　也没有变得柔软些

168　　宇宙是座大房子
　　　生与死
　　　门对门

169　　虚无来袭
　　　狠狠的一拳
　　　打在空气里

170　　死亡是最大的谜
　　　猜中了
　　　也无人回应

171　　一条理想主义的狗
　　　啃
　　　一根现实的骨头

172　　一切都与时间有关
　　　　而或许
　　　　时间并不存在

173　　钟声，碰落黄昏
　　　　只有道路
　　　　没有行人

174　　地球是个小泪人儿
　　　　我抱着它
　　　　在洪荒的宇宙中，飘浮

175 起风的黄昏路口
我总是
认错人

176 人生的补丁
只能一直补下去
补成一件百衲衣

177 悲伤的时间久了
就只剩下悲伤本身
空空的，没有内容

178   永恒的问题
        暂时的答案
        总是一瘸一拐

179   死,都是突如其来的
        你不能说,我准备好了
        即便你说,我准备好了

180   孤独是儿子
        寂寞是女儿
        我是它们虚空的父

181　　佛陀死后
　　　看到自己处处被重塑金身
　　　是会难过的吧

182　　一只破损的陶罐
　　　换了个重心
　　　放弃了重归完整的念头

183　　我所追求的自由
　　　竟也是牢笼
　　　不过稍微大一些

184　　语言，一切语言
　　　　最好的时候
　　　　也只是一个擦边球

185　　爱在万物，亦在虚无
　　　　生死都在路上
　　　　未来即是归途

186　　风把树推到悬崖边上
　　　　开一朵花，生一个疑惑
　　　　落一片叶，下一个决心

187　　无尽的,灼人的
　　　天空之问
　　　只有来自大地的应答

188　　红蜡烛,点给生
　　　白蜡烛,点给死
　　　光影斑驳,弄得我满脸都是

189　　太阳是红蜡烛
　　　月亮是白蜡烛
　　　烧得人泪流满面

190　　镜子里的我
　　　先笑了一下
　　　镜子外的我才笑起来了

191　　在水中
　　　月亮
　　　操碎了心

192　　月亮掉在地上
　　　就捡不起来了
　　　我心悲苦,却惭愧更多

193 孤独的蜘蛛
　　　趴在互联网上
　　　跳起痉挛的手指之舞

194 厚厚的一本书
　　　生生
　　　砸死一个人

195 思想的利斧
　　　寒光凛凛
　　　砍进冬日的心脏

196 把天空逼进一个死角
　　　最后的时间
　　　血之滴漏

197 我和猫
　　　是天生的一对
　　　孤独

198 生命之书
　　　比砖头厚，比目光薄
　　　没有目录

199　　时间真快
　　　比刀子还快
　　　谁又没一点怯懦呢

200　　死亡是最高的艺术
　　　一次性艺术
　　　我无法做得更好些

201　　没有谜底的谜语
　　　猜下去
　　　生出来许多分岔

202　　生命的碎片
　　　在死亡里重获完整
　　　而且，天衣无缝

203　　白雪的誓言
　　　埋伏在我的体内
　　　酝酿着一场暴动

204　　死亡
　　　灿烂的虚无之花
　　　绽放在时间尽头

205 生死之门
共用
一个指纹

206 雪,落在雪上
白色的遗忘
沉默也近乎一句谎言

207 拯救,或者没有
或者
只有一次

208　　孩子的疑问
　　　大人的回答
　　　总像是大了一号的鞋子

209　　一个泥潭
　　　等着同一只轮子
　　　再一次陷入

210　　死是一桩大买卖
　　　棺材铺的老板
　　　是个好心人

211 死,盯上了
每一个人
等待下手的时间

212 人把人捧到最高处
隐隐地
也盼着他一头栽下来

213 最初的仰天一问
一直在问
直问到时间尽头

214　　不再向世界证明自己
　　　　不再向他人证明自己
　　　　不再向自己证明自己

215　　脆弱的生命经不起死亡
　　　　更经不起永生
　　　　永生比死亡更虚无

216　　泪水
　　　　无法保存
　　　　它现哭现卖

217　　生病就像一场恋爱
　　　　病入膏肓时
　　　　最痴心

218　　死亡的黑光芒
　　　　刺瞎了所有睁开的眼睛
　　　　那紧紧闭着的，也喊疼

219　　死，一滴致命
　　　　在虚空中
　　　　连生锈亦不可能

220　　永生与爱，是双重诅咒
　　　真理的光芒
　　　万箭穿心

221　　一个人死了
　　　就长长地吁一口气
　　　如释重负

222　　生命饱满
　　　世界虚空
　　　正是天生一对

223　　最后的审判
　　　如果有
　　　一定是寒气逼人的冬日

224　　我们需要爱
　　　哪怕是爱的假象
　　　世界太冷了

225　　物不是，人亦非
　　　每回一次
　　　故乡就陌生一分

226　　爱，要一次次确认
　　　用食物，用身体
　　　用语言，用生死

227　　我在，故世界虚无
　　　我若不在
　　　世界连虚无也不是

228　　曾经的一个笑话
　　　今日里
　　　逗哭了一个人

229　也许，也许
　　　死亡之谜
　　　没有谜底

230　死亡的小手
　　　解开了
　　　一生的结

231　伪善的人呀
　　　如果永远不死
　　　会变得更坏吧

232　　我之为人，是因为爱
　　　我之为我
　　　却因为孤独

233　　没有明亮的理由
　　　单凭黑暗
　　　也要活下去

234　　生，一直在打折扣
　　　只有死
　　　真金白银

235 我以为爱上的是整个世界
其实我爱的
还是该死的自己

236 雪,是唯一有形的
虚空之物
轻轻落下

237 多么干净的一张脸
只有好奇,只有惊喜
仿佛从未爱过

238　　一个虚构的人
　　　在虚构的生活中
　　　替我爱，替我哭

239　　纯洁，纯洁
　　　比骨缝里的寒冷
　　　还要锋利些

240　　黑沉默，白沉默
　　　有一种虚空
　　　沉默也填不满它

241　　雪下起来了
　　　　是开端，亦是尽头
　　　　仿佛什么都不必说了

苦瓜和甜瓜的滋味，我都想尝一尝

海桑 著

陕西新华出版
太白文艺出版社·西安

果麦文化 出品

甜之味

001 春风里
最先发芽的
是最小的手指

002 把春天制造的问题
编成花环
戴在好看的头上

003 将开未开的花朵
放在胸口
就当作我春天的心脏吧

004 　春风的小路上
　　　一朵野花
　　　轻易就把我绊倒在山坡

005 　迎春花一下全都开了
　　　噼噼啪啪，噼噼啪啪
　　　两只眼睛不够用了

006 　从春天开始
　　　一年四季的花儿
　　　能吃的都要吃吃看呀

007 　　不必翅膀，不必云
　　　　恋爱的人
　　　　会飞

008 　　卖水果的人
　　　　在路边
　　　　叫卖了一辈子甜

009 　　手拉着手睡觉的人
　　　　在梦里
　　　　也不会丢失

010　　空气中并无半点春的消息
　　　　但是太阳
　　　　已按时到达指定位置

011　　春寒料峭,早呀
　　　　空空的枝头
　　　　只开了一朵

012　　最早皈依佛祖的鸟类
　　　　它的梆子声,就是木鱼声
　　　　它用捉虫子的劳动念诵佛经

013　　　肉质肥厚的玉兰花瓣
　　　　有好几种吃法
　　　　你忘了给自己留一瓣

014　　　一棵大树
　　　　跑到了院子外面
　　　　仍然是院子的某一部分

015　　　生锈的铁钉
　　　　钉进大叶女贞的树身
　　　　春日里，那铁锈也会发绿

016　　春天的一粒种子
　　　渴望着
　　　一场活埋

017　　见了佛
　　　不想磕头
　　　想抱抱

018　　佛头没了
　　　石窟里跳出了
　　　鲜亮亮的花

019　　殡仪馆的老赵
　　　　一时高兴
　　　　不经意哼起哀乐来了

020　　小孩子哭着哭着就笑了
　　　　哭得干净
　　　　笑得纯粹

021　　邻家的女儿美了个甲
　　　　长长的指甲，亮亮的指甲
　　　　正好不太方便做些洗洗刷刷的家务活

022　　啃食草芽的老牛
　　　　把屁股掉给我
　　　　它一点也没有把我当人

023　　坐在树下,等你开花
　　　　初春里满腹心事
　　　　连诅咒也一身洁白

024　　枯枝上挂着鲜红的布条
　　　　一场春雨
　　　　仿佛能活过来似的

025 　　一棵春桃
　　　　身子钻进屋子里
　　　　枝头从窗口探出来

026 　　邻家的小猫
　　　　来找我家的小猫玩
　　　　并不和我招呼一声

027 　　大殿旁边的一枝海棠
　　　　探进头来
　　　　想染红菩萨的唇

028　　叶子的绿
　　　比花朵的红
　　　更长久

029　　细细长长的手指
　　　洗净一只玻璃杯子
　　　早晨就明亮起来了

030　　春天笑得咧开了嘴
　　　七十岁的小姑娘
　　　又要换牙了

031　　刚学打鸣的小公鸡
　　　　迷惑在
　　　　真假嗓音中间

032　　你说要来
　　　　果然来了
　　　　和春天一起做些什么

033　　低头想着心事
　　　　撞上了
　　　　一棵桃树

034　　櫻花说
　　　　晨钟比暮钟
　　　　轻了半两

035　　白海棠初放
　　　　生怕目光
　　　　也弄脏了它

036　　蹒跚的女儿
　　　　只牵住我
　　　　一根小指

037   宽大的床
       只躺了半边
       另半边,留给月光

038   已经是香气扑鼻了
       还要把鼻子凑上去
       三番五次地凑上去了

039   破败的院子里
       怒放出满树桃花
       丁零当啷,打翻了什么

040　　刚刚生出的蔷薇的刺也是软的
　　　　我摸了摸
　　　　果然是软的

041　　春天在摇晃自己
　　　　把目光
　　　　都摇落在地

042　　雀儿喜欢海棠
　　　　就把它吃了
　　　　就把它蹬落一地

043　　落叶可以踩踩
　　　白雪可以踩踩
　　　花瓣不可以踩踩

044　　给小花小草拍照的
　　　小老头
　　　蹲着跪着终于趴在地上了

045　　两只脚丫高兴的样子
　　　你瞧你瞧
　　　它们是自己动的

046　　雨过天晴
　　　屋顶上干净的瓦片
　　　也可以揭起来吃

047　　隔着四月的篱笆
　　　和你说说话
　　　一阵风来，蔷薇花开了

048　　一株千年的梅树
　　　枯死了两年
　　　又活过来了

049　　窗帘只是微微一拉
　　　　太阳便切开一道
　　　　光明的口子

050　　山间的小溪
　　　　连名字也不需要
　　　　它单纯的快乐，无关乎海

051　　燕子，燕子
　　　　春天里的
　　　　黑色小闪电

052　　白白的一朵玉兰
　　　　打在我头上
　　　　落在佛脚下

053　　花开会疼,还是要开
　　　　桃李都是人间的女儿
　　　　喊一声就会流泪的名字

054　　春风里
　　　　对着一棵大树
　　　　和小狗一起尿尿

055　山中寂静的耳朵
　　　接收到
　　　来自宇宙最初的声响

056　三叶草
　　　五瓣花
　　　九重天

057　小松鼠
　　　抱着自己的双手
　　　早餐，如晨祷

058　　扁扁的鸭嘴
　　　　啄着水，啄着光
　　　　嘎嘎嘎嘎地响

059　　吃完了樱桃
　　　　放樱桃的白瓷碟子
　　　　也想舔一舔

060　　蝴蝶，蝴蝶
　　　　刚开始恋爱
　　　　就过完了一生

061　　在路边
　　　剃了个三块钱的头
　　　约等于,一只苹果

062　　一瘸一拐的人
　　　收养了一条一瘸一拐的狗
　　　相依为命了一个春天

063　　春天来了
　　　想做点什么就做点什么吧
　　　反正也没有什么大不了的事

064　　雨后的青草
　　　　把我的裤腿
　　　　染绿了

065　　榆树是个大富翁
　　　　满身的青青榆钱儿
　　　　都分给了麻雀、喜鹊、山雀

066　　我坐在树桩上
　　　　你坐在我脚上
　　　　看对面满树桃花

067　　鲜花簇拥的千年古塔
　　　　似乎还在长高
　　　　看上去，比我还要年轻些

068　　紫薇，紫薇
　　　　和夏天有个约会
　　　　春天怎么也喊不醒它

069　　把春天吃进肚子里
　　　　小心怀孕
　　　　要不就怀孕算了

070　　　人迹罕至的幽谷深处
　　　　溪水清亮得
　　　　鱼虾竟一点也不害怕

071　　　月亮沉下去了
　　　　种下蔷薇的院子
　　　　黎明似乎也来得早一些

072　　　若有若无的水
　　　　恍兮惚兮的鱼
　　　　一头扎进月亮里

073　　睡在路边的人
　　　也拥有一只小狗
　　　无端地想要感谢点什么

074　　每一片叶子
　　　都在光中
　　　跳着单人舞

075　　皂角树浑身是刺
　　　除了神仙和鸟
　　　谁也不能住到上面去

076 他们说雨后的春笋
　　　能扎疼刚要起身的屁股
　　　哪一天，我也想试试

077 碧绿的头发刚刚绾起
　　　一片桃花
　　　落进白米粥里

078 大地的彩色图案扑面而来
　　　我捉住一个影子
　　　问风的去向

079　　浑浊的吐着白沫的水
　　　碰上了石头
　　　声音竟也是清亮的

080　　铺天的层云
　　　缓缓移动
　　　仿佛要移走整座天空

081　　清晨的大海在窗帘后面
　　　蔚蓝色的房间
　　　闪亮的鱼群游进来

082　　　天空的白肚子
　　　　大海的蓝肚子
　　　　轻轻地，碰在一起

083　　　贪婪的绿
　　　　吞没了房屋
　　　　并没有吐出道路

084　　　冰激凌
　　　　只咬了一口
　　　　伤心的事就忘了大半

085　　初夏的清晨
　　　连灰尘
　　　都闪着光芒

086　　蜻蜓
　　　压在浮萍上
　　　浮萍的身子更轻了

087　　妻子抱着我问
　　　上辈子欠你的还清了吗
　　　我咬着她的耳朵说：没

088 萤火虫的体内
有宇宙间最小的太阳
向着死,恋爱一场

089 两个人下棋
十个人围观
围观的人吵起来了

090 妻子也是我的一个女儿
太阳一出来
就变成了妈妈

091 　　隔着玻璃
　　　　吻
　　　　烧着了两只嘴唇

092 　　小天使，第一次
　　　　穿上了围裙
　　　　在房间里飞来飞去

093 　　裸体的光
　　　　在水边
　　　　摇晃柳树的影子

094 你赤裸的双脚
　　 踩在我心上
　　 留下雨后的脚印

095 山脚的小庙
　　 几乎低过了地面
　　 屋顶漏雨,也漏月光

096 那一日
　　 我摘下一片叶子取水
　　 颤抖着,送入你的嘴唇

097　　雨水，跳进窗子
　　　溅到我脸上
　　　你弹了我的琴

098　　刺眼的白光
　　　从狭窄的门缝
　　　砍进黑屋子

099　　拐角处
　　　撞见阳光
　　　当的一响

100　　山路上
　　　一个人哼着小曲
　　　跑了调才有意思

101　　一只小麻雀
　　　从破损的门缝钻进来
　　　啄食我脚边的饭粒

102　　在田里拔草的老奶奶
　　　带了个马扎
　　　一步一挪一坐

103 夏日浓稠的绿中
窜出来一声
红色的尖叫

104 和蝴蝶一起去嗅闻小花
蝴蝶，蝴蝶
错落在我的鼻子上了

105 一棵大树
倒在溪水里
架通了小小彼岸

106 狭长的山涧没有尽头
两边的青山
伸手可触

107 火车拖着一节节身子
缓缓地
在云端爬行

108 树身还在墙里
枝叶都散到了墙外
触到对面人家的屋檐了

109　　理了发,洗了澡
　　　穿上了新的衣裳和鞋袜
　　　你家门口,我久久地站着

110　　枯萎了的一枝
　　　野草花
　　　却也有蝴蝶停在上面

111　　画纹饰上彩釉的工人
　　　把沾了灰土的衣衫
　　　也搭在菩萨的胳膊上

112　　一只红嘴蓝鹊
　　　　轻盈地落在古柏上
　　　　拖着长长的恋爱的尾巴

113　　放慢脚步
　　　　屏住呼吸
　　　　蜗牛，你先请

114　　昨天吃我面条的黄狗
　　　　今日见了
　　　　彼此就有点熟

115 卖西瓜的一对小夫妻
在路边
住了一个夏天

116 一条蜿蜒的高速公路
在山与山之间
穿针引线

117 一只快乐的小鸟
住在五百年前
自己种下的大树上

118 并不认识的刚会说话的小女孩
　　 朝我举了举小脚丫
　　 说,新鞋子

119 斑鸠鼓动起整个腹腔
　　 用咕咕的应答
　　 回应自己咕咕的问

120 开水壶的叫声
　　 在夜里
　　 像一个幽灵

121 捧一块红瓤的西瓜
把双脚伸进
村口的溪水

122 房子般大小的一块石头
在水中
随时要漂走似的

123 不成调的水声和鸟鸣
大山没有听够
我也没有

124 许愿池里
你丢进一枚硬币
我丢进一颗石子

125 明晃晃的阳光和清凉凉的水
渡到彼岸的鸭子
又渡回此岸来了

126 一头栽进水里的鸭子
高高地撅起屁股
一定是捉住了一条小鱼

127　　跟在一群鸭子后面
　　　不由自主
　　　也走起了鸭子步

128　　最先醒来的是耳朵
　　　然后是脚丫
　　　眼睛,是最后一个

129　　山溪里的小蝌蚪
　　　一点也不着急
　　　变成蛙

130　　山顶的小庙里
　　　升起了
　　　人间烟火

131　　在空荡荡的山里乱吼一声
　　　还是觉得
　　　羊的叫声好听

132　　两只蓝蜻蜓
　　　将清白的水面
　　　做了婚床

133　　水,是鱼的水
　　　我蹲下身来
　　　借一口喝

134　　把大山推在一边
　　　打开窗户
　　　请云朵进来

135　　深深地吸一口气
　　　把整个天空
　　　都吸进肚子里去

136　　调皮的歪神仙
　　　斜卧在几案上
　　　假寐

137　　大河中间的沙洲
　　　是谁掉落的
　　　一只小鞋子

138　　一只黑白相间的喜鹊
　　　背着双手
　　　慢悠悠踱过马路去了

139 河中的沙洲
一前一后
如两尾逆流而上的鱼

140 住在庙里的老人
在花坛里
种上了辣椒和茄子

141 饥渴的路人
佛前的果子
你也吃一个

142   天空都被刮跑了
       披头散发的柳树
       在风中，捶胸顿足

143   墓碑一样的大山
       把世界挡在外面
       最高的赞美，仍然贬低了它

144   黑臭的污水河里
       蛙的叫声
       依然响亮

145 帽子比身体还大的小人儿
他移动的时候
世界睁大了眼睛

146 从客厅到厨房的路上
拦住妻子
塞进她嘴里一颗红草莓

147 端坐在路边的老奶奶们
像一溜吉祥娃娃
摆放在夏日的阴凉里

148 说一些不太高兴的事情
　　　他也会笑
　　　他一直没有厌倦生活

149 拦腰折断的一棵树
　　　又抽出碧绿的骨骼
　　　以后的生命，要重新安排

150 一棵树抱住夏天的院子
　　　树冠，高过屋顶
　　　枝丫，低过人头

151　　每一处房屋的棱角
　　　都是刀
　　　把阳光割下一块

152　　挂着的一根树枝
　　　还挂着青绿的叶子
　　　从云彩里走下来了

153　　秋日金色的国度
　　　耀眼，如明亮的梦境
　　　下坠和飞升一样轻盈

154 墓地里的那棵柿子树
又要叶子落尽了
凉丝丝的甜柿子也吃上一颗吧

155 在红灯笼上
写你的名字
然后挑给月亮看

156 两个小男孩
抢过爷爷的拐棍玩
玩着玩着就打起来了

157 落叶趴在地上
倾听大地
微弱的心跳

158 村子里接生了一辈子的老奶奶
临终的时候
总看见一大群孩子拦住她

159 两个人
互相绕着走
仍然碰上了

160　　闭上眼睛
　　　听着路边的叫卖声
　　　就知道公交车走到哪个路口了

161　　八十岁以后
　　　脖子上就挂一个牌子
　　　刻上女儿的名字和手机号码

162　　一棵推倒的树
　　　不知道自己已经死了
　　　还在努力长出新叶子

163 秋风点燃了满山红叶
我坐在其中
拒绝吐出自己的红

164 路边的一棵泡桐
大冷的天
绿得奇怪

165 坐在地上
翻开口袋
月亮只有一个

166 洗净的白袜子
　　 放在床头的光中
　　 微微地散发着香味

167 农事里的布谷
　　 恋爱中的杜鹃
　　 本是同一只

168 流水的琴弦
　　 渴望一只
　　 沾满月光的手指

169 秋风的凉里
　　 黄的菊花,白的菊花
　　 其余的叫不出名字也罢了

170 卖月饼的小姑娘
　　 把月亮也给卖了
　　 卖给了我

171 左手地藏,右手观音
　　 矮矮的小庙
　　 并不比我的个子高多少

172 麦茬，麦茬
亲人一般
亲切又扎人

173 想打碎花瓶听一个声响
这小小的邪念
只闪了一下

174 树大了
心就空了
有孩子跳进去玩耍

175 累得像狗一样爬到了山顶
就胡乱叫喊一声
也只是胡乱叫喊一声

176 冬日里
天气忽而转暖
骗得月季又开了一回

177 一条红绸子
束住青绿的腰身
水仙花试着吐出了一朵

178 冬日的山里
寂寥清苦
就用白雪款待你好了

179 远远地躲着
白猫生怕黑猫
把自己染黑了

180 那些讨厌的人
新年里
也收到祝福了吧

181　　看庙人种的萝卜和白菜
　　　这一棵成了佛
　　　那一棵成了菩萨

182　　火炉是冬日的心脏
　　　围着它坐坐
　　　就是亲人

183　　雪下得越来越大
　　　石头上的红色繁体字
　　　我只认出其中一个

184 灰雀喳喳
蹬落一树细雪
凉丝丝落进我的脖颈里去了

185 大雪中的红柿子
仿佛时间尽头的灯盏
挂在落光叶子的枝头

186 天上掉下的冰碴碴
在空中
金属似的丁零零响

187　　热气腾腾的这家包子店
　　　除了售卖包子
　　　还赠送——云

188　　雪
　　　一门心思地落
　　　从不羡慕别的颜色

189　　我的心
　　　容得下整个宇宙
　　　装不下一个你

190 空气仿佛冻出了一层薄冰
　　　　小心走着路
　　　　怕给碰碎了

191 一只小黑狗
　　　　在雪地上打滚撒欢
　　　　用后腿推着自己向前滑行

192 红红火火的春联
　　　　铺在白白胖胖的雪上
　　　　新年来了

193　　开天辟地的那柄斧头
　　　遗落在太行山中
　　　如今,仍日日砍柴

194　　青青的柏枝
　　　斜插在
　　　红红的春联旁边

195　　一盆洗脚水
　　　女儿洗洗妻子洗洗然后我洗洗
　　　事情就这样成了

196 冬日的下午
    刚学会走路的小老头
    把自己挪进阳光里去

197 新年快乐呀
    又长一岁了
    雪地上觅食的小麻雀

198 坠落的松果
    砸出了
    自己的松子

199　　早春新生的一点红
　　　封冻在枝头
　　　闪亮的冰里

200　　春，轻轻翻了个身
　　　仿若大病初愈
　　　又似起死回生

201　　白色的遗忘之雪里
　　　春天
　　　又活过来了

202　　三千年前的一粒种子
　　　　紧抱住一个秘密
　　　　赶上了初春的第一场雨

203　　一只恍惚的手
　　　　梦之手
　　　　拨动了墙上的无弦琴

204　　一条大鱼
　　　　潜入梦的深水区
　　　　很久很久，才呼吸一次

205　　你我之间的一场化学反应
　　　生成了新的物质
　　　尚未命名

206　　太阳使大地受孕
　　　生养众多
　　　人,是最迟来到的那一个

207　　光之子
　　　赤脚行于水面
　　　没有一丝阴影

208 日月的光脚
踩过干净的清晨
童年，比一生还长

209 在穿衣吃饭中爱着
汤汤水水
瓶瓶罐罐

210 从前的时候
爱，一说出口
就烧掉一座房子

211 在人间
收集天上的消息
封在一个瓶子里

212 奇迹,如果有
每个清晨
太阳照常升起便是

213 一枝野性的花
没有名字
开落在人类的意义之外

214   梦里的话,说到了梦外
      月亮里的兔子
      也支起了耳朵

215   宇宙间
      最初的惊天消息
      还在路上

216   萝卜青菜里头
      也要寻出一点哲学来
      是哪个讨厌的家伙

217　　每一个雨点
　　　　都以自己为中心
　　　　荡开一个个圆圈

218　　我仍在天地之腹中
　　　　犹未诞生
　　　　这一个我，只是胎动

219　　身体的迷宫里
　　　　最初的光
　　　　运行其中

220　　小狗，小狗
　　　伟大的
　　　嗅觉艺术家

221　　每一个诗人
　　　都是一只
　　　猫科动物

222　　恋爱的人
　　　相互看着
　　　成为彼此的深渊

223 地球原来是个水球
大大小小
漂几块石头

224 人小了,世界就大了
你喊什么,都是喊我
你喊什么,我都答应

225 把名字取好,放进瓶子里
等你来人间一趟
碰响你自己

226　　光亮划开一道口子
　　　豁出去的人生
　　　一下就通透了

227　　一只发光的妙手
　　　稳稳地
　　　将地球投入虚空的篮中

228　　宇宙洪荒中的太阳
　　　也是千万萤火虫里的一只
　　　提着灯笼，不期而遇

229 爱的雨水从天而降
　　 浇灭一场
　　 思想的火灾

230 两个人抱在一起
　　 思想的礁石
　　 没入了爱的潮水

231 念歪的经
　　 歪打正着
　　 正着自己的大脑瓜

232   纯金的钥匙
       打开一把纯银的锁
       咔嗒一声,天地洞开

233   蓝
       唯一的蓝
       什么也加不进去

234   不管是谁在叫谁的名字
       我都会禁不住
       回一回头

235　　生活里什么都有
　　　思想
　　　只需半勺

236　　没有日期的时间
　　　没有地址的地点
　　　起初有爱，然后有你我

237　　时间之外的一双大手
　　　小心捧着
　　　飘浮的人间

238　　秋风中零落的叶子
　　　每一片
　　　都有地址

239　　爱,并不生产意义
　　　也不超越死亡
　　　但是爱,但是爱

240　　久违了呀
　　　故乡的口音
　　　骂人也亲切

241 一盏灯
从身体里掏出光亮
在地上，在水里，在空中

242 推动一颗巨大的星球
只需
轻轻一碰

243 在夕阳的眼里
一切
都是细长的影子

244　　洪荒的宇宙当中
　　　日与月，是一对
　　　漂泊的乳房

245　　伊甸园里的苹果
　　　砸在了牛顿头上
　　　被乔布斯，咬了一口

246　　一粒卑微的名字
　　　在尘埃里行走
　　　闪着光亮

247 月亮的指纹
摁在天上
明晃晃

248 一条小路铺满了落叶
就不必在意
它通向何方

249 白色的月亮
半片可以小睡
整片可以长眠

250 哲学的炉子
也要用来
烧火做饭

251 寂寞和空虚
是一对孪生姐妹
看上一个生龙活虎的傻小子

252 生命越过了自身的边界
向更多的事物
问好

253　　生活中的小烦恼
　　　绊住了手脚
　　　使我不至于滑入虚无中去

254　　思想的毒,爱是解药
　　　缓缓地
　　　和所有的时间一起醒来

255　　白水是最好的饮品
　　　其次是茶
　　　又其次是酒

256 月亮的脸,始终
    朝向地球
    从没有转过身去

257 去掉我,剩下爱你
    再去掉你,只剩下爱
    混沌初开,万物自在

258 爱,来自天空
    来自大地
    我只是保持生命通畅

259　雪，从未改变信仰

也从未

厌倦了白

海桑,诗人。

曾为诗歌流浪,现依旧写诗,只是不打算向这个世界证明什么。
"没有粮食,我无法生存,但是没有诗歌,我不愿意生活。"

出版作品

诗　集
《我是你流浪过的一个地方》
《不如让每天发生些小事情》
《我的身体里早已落叶纷飞》
《我爱这残损的世界》

随笔集
《我们只是偶然碰上了》

译诗集
《我就是创造与毁灭女神》
《世界上最乖巧的我》

苦瓜和甜瓜的滋味，
我都想尝一尝

作者 _ 海桑

编辑 _ 冯晨　　装帧设计 _ 何月婷　　主管 _ 周延
技术编辑 _ 丁占旭　　责任印制 _ 刘淼　　出品人 _ 曹俊然

果麦
www.goldmye.com

以 微 小 的 力 量 推 动 文 明

图书在版编目（CIP）数据

苦瓜和甜瓜的滋味，我都想尝一尝 / 海桑著.
西安：太白文艺出版社，2025.9. -- ISBN 978-7-5513-3097-8

Ⅰ.I227
中国国家版本馆CIP数据核字第20255DT601号

苦瓜和甜瓜的滋味，我都想尝一尝

KUGUA HE TIANGUA DE ZIWEI,WO DOUXIANG CHANGYICHANG

作　　者	海　桑
责任编辑	蔡晶晶
装帧设计	何月婷
出版发行	太白文艺出版社
经　　销	果麦文化传媒股份有限公司
印　　刷	北京世纪恒宇印刷有限公司
开　　本	787mm×1092mm　1/32
字　　数	48千字
印　　张	5.75
版　　次	2025年9月第1版
印　　次	2025年9月第1次印刷
印　　数	1—6,000
书　　号	ISBN 978-7-5513-3097-8
定　　价	49.80元

版权所有 翻印必究
如有印装质量问题，可寄出版社印制部调换
联系电话：029-81206800
出版社地址：西安市曲江新区登高路1388号（邮编：710061）
营销中心电话：029-87277748　029-87217872